As Aventuras de

Robin Hood

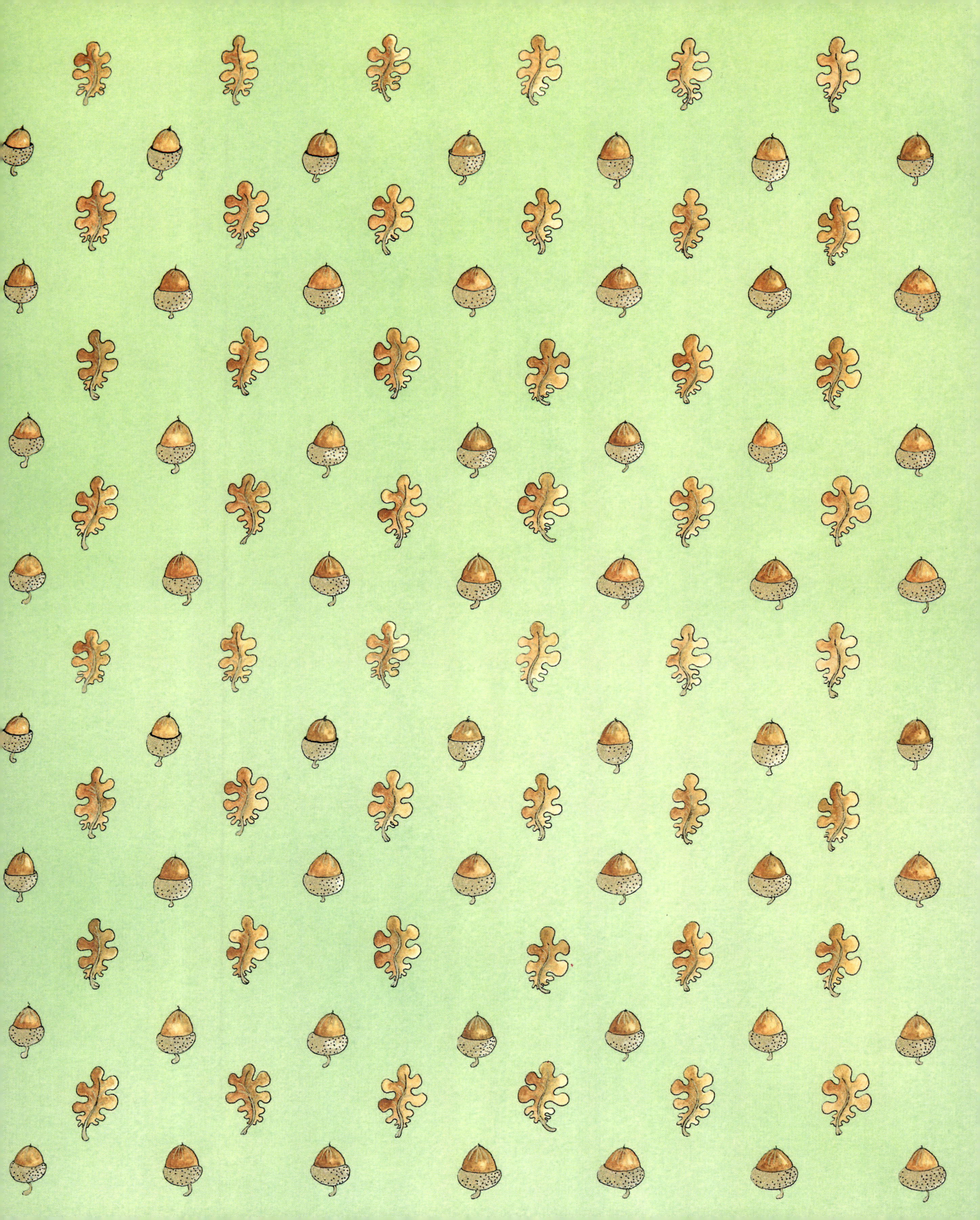

Título original: *The Adventures of Robin Hood*
Título da edição brasileira: *As aventuras de Robin Hood*

Publicado mediante acordo firmado com Walker Books Limited, London, SE11 5HJ
Site: www.walkerbooks.co.uk

Para Araminta e Rufus

Edição brasileira

Diretor editorial	Fernando Paixão
Editora	Gabriela Dias
Editora assistente	Tatiana Corrêa Pimenta
Preparador	Renato Potenza
Coordenadora de revisão	Ivany Picasso Batista
Revisoras	Alessandra Miranda de Sá Cátia de Almeida

ARTE

Editora	Cintia Maria da Silva
Diagramadora	Flavia Battiston Castagnari
Estagiária	Beatriz Moreira Berto

CIP-BRASIL. CATALOGAÇÃO NA FONTE
SINDICATO NACIONAL DOS EDITORES DE LIVROS, RJ

W782a
Williams, Marcia, 1945-
As aventuras de Robin Hood / recontado e ilustrado por Marcia Williams ; tradução Luciano Vieira Machado. - São Paulo : Ática, 2008.
32p. : - (Clássicos em Quadrinhos ; 9)

Tradução de: The Adventures of Robin Hood
ISBN 978-85-08-10730-8

1. História de aventuras. 2. Literatura infantojuvenil. I. Machado, Luciano Vieira. II. Título.

06-3377. CDD 028.5
CDU 087.5

ISBN 978 85 08 10730-8

CL: 735606
CAE: 210551

2020
1ª edição
12ª impressão
Impressão e acabamento: Forma Certa

Avenida das Nações Unidas, 7221 – CEP 05425-902 – São Paulo, SP
Atendimento ao cliente: 4003-3061 – atendimento@aticascipione.com.br
www.coletivoleitor.com.br

CLÁSSICOS EM QUADRINHOS

As Aventuras de Robin Hood

Recontado e ilustrado por

Marcia Williams

Tradução

Luciano Vieira Machado

editora ática

Robin de Locksley

se torna um fora da lei

A cada dia esses pobres ficam mais pobres, enquanto eu fico cada vez mais rico. Que maravilha, não?

A situação estava difícil na Inglaterra medieval. O bom rei Ricardo I, Coração de Leão, estava longe, lutando nas Cruzadas, e seu terrível irmão, o príncipe João, ficava mais rico e poderoso a cada dia.

Não precisamos dos pobres. Cobrem impostos até que eles morram.
Sábias palavras, ó filho do rei.
Que Deus abençoe todas as criaturas.
Só as que puderem pagar.

O príncipe João mandou que os xerifes e os abades cobrassem impostos e emprestassem dinheiro, tomando como garantia a propriedade. Aqueles que não conseguiam pagar, perdiam suas casas.

Prefiro ajudar uma espécie ameaçada a um abade.

Um deles foi Robin de Locksley: como não conseguiu pagar sua dívida, foi

Agora estou sozinho.
Então somos dois.

expulso da mansão de Locksley e ficou sem ter onde morar.

Abatido e triste, Robin vagava pela floresta de Sherwood quando

É fraco demais para atirar com o arco.
Não acerta nem o próprio pé.
Fracote!

encontrou alguns guardas-florestais que procuravam ladrões de caça. Eles zombaram de Robin, dizendo que não seria capaz de acertar nem um cervo.

Robin caiu na conversa deles e decidiu provar que estavam errados.

Primeiro o orgulho, depois a forca.
E a nossa recompensa.
Meu dono é um bobão!

A flecha de Robin acertou em cheio um belo veado. No entanto, como todos os animais pertenciam ao rei, Robin podia ser enforcado se fosse pego – e era exatamente isso o que os cruéis guardas-florestais desejavam.

É só uma brincadeira!
Enforcamento não é brincadeira.

Livrando-se dos guardas-florestais, Robin se pôs a correr, mas antes se voltou para atirar uma flecha na direção deles.

Vamos receber uma recompensa ainda maior, se o pegarmos agora.
Sim, mas primeiro vou para casa pegar minha cota de malha*.

Sem querer, Robin acertou um dos homens, matando-o. Paralisados pelo medo, os guardas-florestais perderam Robin de vista.

Robin desatou a correr, embrenhando-se na floresta de Sherwood, arranhando-se e cortando-se na densa vegetação rasteira.

Finalmente, exausto, ele se deixou cair no chão, os olhos cheios de lágrimas. Robin nunca tinha matado um homem.

Vou roubar os ricos para alimentar os pobres!
Olha aqui um pobre!

Ele jurou nunca mais fazer isso e decidiu ajudar os pobres até que o rei Ricardo e a justiça voltassem a reinar na Inglaterra.

Ele é louco de pedra!
Então vamos rachar a cabeça dele com uma pedra!

Foi exatamente isso o que Robin contou a um grupo de foras da lei que de repente apareceu na sua frente. Os homens acharam aquilo uma ideia maluca.

Ele acerta até de capuz sobre os olhos!
Acho que vou perder!
Bem, isso faz dele nosso líder!

Mas eles decidiram tentar, se Robin conseguisse vencê-los num torneio de arco e flecha – o que, naturalmente, Robin conseguiu.

Apresento-lhes Robin que vê através do capuz Hood!
Eu lhes apresento meus alegres rapazes de Sherwood!
Aqui um cão pedindo atenção!

Os foras da lei se tornaram os primeiros integrantes do alegre bando de Robin. Eles o apelidaram de Robin Hood** e vestiram-no de verde-oliva.

* Com pequenas argolas entrelaçadas, a cota de malha era utilizada na Idade Média para a proteção do corpo. ** Em inglês, *hood* significa capuz.

Robin toma um banho

Abrigo de Robin
Arsenal
Despensa
Menu de hoje
Sopa de besouro e de larva
Carne de veado recheada com coelho
Pastelão de pavão
Genuína cerveja de Robin
Fritada de prímulas
Que cheirinho delicioso. Deixem-me dar uma olhada.
Claro, vou "dar uma olhada" em seu alforje.

Robin e seu bando, que crescia cada vez mais, construíram suas casas em árvores e cavernas e aprenderam tudo sobre as coisas da floresta.

Eles adoravam atrair os viajantes para um banquete na floresta de Sherwood e depois obrigá-los a pagar um bom dinheiro.

Veja o lado bom: pelo menos sua barriga está cheia.
Não por muito tempo: vou vomitar!

Os viajantes deixavam a floresta de barriga cheia, porém de bolsos vazios.

Deus o proteja, Robin.
Eu voltarei!

Dessa forma Robin conseguia dinheiro para ajudar os realmente necessitados.

Não aguento ficar sem fazer nada.
Isso me deixa louco!

Nos dias em que não aparecia nenhum viajante, ele ficava inquieto.

Ninguém à vista, Robin!
Vamos agir!

Em um desses dias em que não aparecia ninguém na floresta,

Tudo bem. Hoje ele não está pensando em comer torta de coelho.

Robin resolveu fazer uma exploração longe do acampamento, prometendo aos seus homens tocar três vezes sua trompa se ficasse em dificuldade. Ele acabou chegando a um rio largo, com uma tora de madeira que servia de ponte.

Primeiro os mais bonitos, e acho que nesse caso sou eu!
Daqui vejo um covarde vaidoso, que levanta o arco contra um homem que só tem um bastão!
Mergulhe!
Mergulhe!

Quando ele pôs os pés na ponte, apareceu um desconhecido do outro lado. O homem tinha mais de dois metros de altura e estava decidido a atravessar primeiro. Robin, também determinado, ameaçou atirar nele, mas se conteve porque o gigante estava armado apenas de um bastão.

Agora, seu patife miserável, cuidado com sua cabeça!
Robin cortou uma vara para si e voltou para defender "sua" ponte.
Seu galalau desordeiro!
Seu tampinha vira-lata!
Lutaram furiosamente por mais de uma hora, golpe atrás de golpe.
Seu filho de um ogro!
Seu filho de uma ervilha!
Nenhum dos dois homens escorregava ou recuava uma polegada.
PLAC! VLAN! CRACT!
Até que finalmente o gigante acertou um tremendo golpe nas pernas de Robin.
Robin caiu nas águas revoltas do rio.
Segunda-feira é dia de tomar banho!
Achando graça, ele se arrastou até a margem
Já vai tarde.
e deu três rápidos sopros de trompa enquanto saía da água.
Obrigado, logo vou secar!
Os dois valentes homens riram um para o outro com respeito.
Você aguardava visitas?
Eles estavam quase apertando as mãos quando o alegre bando de rapazes surgiu da mata, pronto para defender e proteger Robin.
Acho que gostei deste urso aqui.
Então somos amigos, ursinho?
Mas Robin conteve seus companheiros, porque tinha sido um combate justo e ele havia simpatizado com o grandalhão peludo que o desafiara.
Bem, onde está a minha?
Robin convidou seu novo amigo para juntar-se aos foras da lei. Ele aceitou, desde que Robin o vencesse numa disputa de arco e flecha – o que, de fato, aconteceu.
Meu nome é João Pequeno!
Pequeno no nome, grande na estatura!
Pequeno, nele, só se for a cachola.
Vamos chamá-lo de Joãozinho!
Foi assim que João Pequeno, pois este era seu nome, se tornou amigo e braço direito de Robin, sendo logo depois apelidado de Joãozinho.

Marian chega a Sherwood

Se você está morrendo de amores por Robin, pode esquecer. Ele agora é um fora da lei!
Sir Guy é um bode velho, desleal com meu benfeitor, o rei Ricardo!

Algum tempo depois, naquele mesmo ano, na casa vizinha àquela em que Robin morara, houve uma briga entre sua amiga Marian Fitzwalter e o pai, que queria casá-la com Sir Guy de Gisborne.

Esqueça a donzela Marian. Livre-me do rei Ricardo e cubra o povo de impostos!

Sir Guy estava mancomunado com o príncipe João e seu lacaio, o xerife de Nottingham.

Já pensou ver esse estrupício todos os dias logo de manhã? Argh, argh, argh!

Só de pensar em casar com aquele homem, Marian ficava verde de pavor.

Se ele entrar aqui em casa, eu saio.
Nunca queira ter uma filha.

Marian dissera ao pai que, se Sir Guy pusesse os pés naquela casa, ela iria embora.

Olá, minha doce Marian.

Então, quando Sir Guy entrou por uma porta para cortejá-la,

Adeus, Sir Guy, seu pilantrão!

Marian, disfarçada de rapaz, escapuliu pela outra porta,

Se eu conseguisse encontrar Robin...

e tratou de procurar abrigo nas sombras da floresta de Sherwood.

Se eu achasse um "hóspede" rico...

Ao mesmo tempo, Robin procurava um homem rico para pilhar.

Deixe-me passar. Não quero brincar com nenhum gnomo verde!
Puxa, rapaz. Você é sempre tão gentil com os desconhecidos?

Vendo aquela figura que parecia um "rapaz", Robin a deteve e lhe perguntou o nome. O "rapaz" era Marian, que não reconheceu Robin e se recusou a responder. Em vez disso, ela sacou sua espada e disse a ele para se afastar.

Vá plantar batatas!
Nossa, que valente. Devo tremer de medo ou morrer de rir?

Achando engraçada aquela demonstração de coragem num rapaz tão fraco, Robin fingiu estar com medo, levando Marian a atacar. Logo ressoava na floresta o som de espadas em choque.

Meu Deus, você não é um jovem, mas um tigre.

A luta foi dura e equilibrada, e se prolongou por muito tempo,

Parece que gnomos têm sangue vermelho como os tigres.

até que Robin ficou com um corte no rosto e Marian com um talho no braço.

Mas eu não sou um gnomo. Sou Robin Hood, codinome do conde de Huntingdon.

Então Robin pediu uma trégua e revelou sua verdadeira identidade.

Vamos nos casar logo que o rei Ricardo voltar para nos dar a sua bênção.

Enquanto ele falava, seus olhos se encontraram e eles finalmente se reconheceram.

SIM!

Encantados, os dois amigos deram-se os braços, e só então perceberam o quanto tinham se sentido sozinhos.

Agora, temos um bando de "pessoas", e não só de "rapazes" alegres.
"Rapazes alegres" soava tão bem.
Quanto mais mulheres houver, mais alegre será!

Foi desse modo que Marian, que mostrara ser uma hábil espadachim, juntou-se ao bando de foras da lei e passou a fazer parte de suas aventuras.

Ainda ponho aquele patife na forca!

E depois de levar tamanho fora, Sir Guy jurou se vingar de Robin Hood.

Much, o filho do moleiro

Cale a boca, seu idiota chorão, e lamba as minhas botas.
Oh, muito nobre senhor, este humilde...

No verão seguinte, o príncipe João visitou o xerife de Nottingham em seu castelo próximo à floresta de Sherwood.

Então, imbecil, em que masmorra Robin está apodrecendo?
He, he. Oh, não, não é tão simples. Ele é muito esperto.

O príncipe João queria saber o que o xerife de Nottingham estava fazendo para tentar capturar o incômodo Robin Hood.

Fora daqui! Não quero ouvir essa palavra horrenda.

O xerife, que nada tinha feito contra Robin porque temia o bando de foras da lei,

O que nós fizemos?
Hoje em dia estar vivo já é um crime.

se esforçava para mostrar lealdade ao príncipe de outro jeito. Os troncos de tortura estavam cheios,

Estamos na era do "a bolsa ou a vida"!

a corda do carrasco, esfiapada pelo uso, e o povo do lugar, na miséria por causa dos impostos.

Muitos pais tinham de pedir esmolas para alimentar os filhos.

O rei Ricardo não gostaria que morrêssemos de fome.
Acho que o gamo não iria se importar.

Alguns, como o moleiro, não tinham outra escolha senão caçar os gamos do rei.

Espere até o xerife saber que você não quer pagar.
A questão não é querer, é não poder. Tenha piedade!

O moleiro não havia conseguido pagar os pesados impostos,

Eu avisei que ele não iria gostar.

então o xerife mandou que incendiassem seu moinho e matassem sua mulher e o bebê.

Não podemos perder a esperança.

O moleiro ficou sem casa e sem ter como ganhar a vida,

E se nos pegarem, pai?

então ele e o filho Much foram caçar gamos.

Agora te peguei.
Corra, Much!

Infelizmente, eles foram pegos. Much escapou, mas seu pai não.

SOCORRO!

O xerife ameaçou cegar o moleiro com ferros quentes.

Oh, muito nobre príncipe. Seu humilde servo está apenas torturando um camponês para o senhor.
Clemência! Piedade.
Piedade? O que é isso? Um termo caipira? Diga-me onde está Robin, que eu o livro da forca e o deixo ir embora.

Então o príncipe João surgiu a cavalo, atraído pelos gritos de terror do moleiro. O moleiro pediu clemência ao príncipe, e este prometeu libertá-lo se dissesse onde estava Robin Hood. Mas ninguém que conhecesse a bondade de Robin seria capaz de traí-lo.

Embora aterrorizado, o moleiro não falou. O príncipe João ficou roxo de raiva.

Atire nesse cão insolente!
Com todo prazer!

O xerife, tentando agradar ao príncipe, ordenou que seu soldado matasse o moleiro.

Você é estúpido ou o quê?

O príncipe João rugiu de raiva, porque não podia arrancar nenhuma informação de um moleiro morto!

Pai?

Quando a dupla de malvados partiu, Much saiu de seu esconderijo.

E logo seus tristes soluços começaram a ressoar pela floresta...

Acorda, pai! Quem vai me dar comida? Nossos amigos são muito pobres. Ajude-me, pai.
Pobre rapaz. Se ao menos comesse larvas.

O que haveria de ser dele? Quem iria alimentar mais uma boca?

Robin mandou estes alimentos para a sua família.
Não tenho mais família.

Então Will Scarlet apareceu, trazendo comida para os pobres.

Não me deixe aqui. Por favor, leve-me para onde estiver Robin!
Não vou deixá-lo. Vamos levar comida para os pobres. Depois, encontraremos Robin.

Much lançou-se nos braços de Will, amigo de Robin, pedindo para ser aceito entre os foras da lei. Embora Much tivesse apenas doze anos,

Você será um membro do bando alegre.
Nunca vou decepcioná-los.
Que belo bando de homens alegres. Primeiro, mulheres. Depois, um bebê. Agora só faltam frades!

Will sabia que Robin haveria de aceitá-lo, como de fato aconteceu. Much se mostrou tão leal como fora seu desventurado pai.

Frei Tuck

Ele viria me ouvir em confissão e contaria histórias do rei Ricardo e das Cruzadas.
Será que existe mesmo um frade bom?
Seria bom ter um bom frade entre estes pagãos.

À medida que os dias iam ficando mais curtos, os foras da lei passavam longas horas conversando em volta da fogueira. Certo dia, Marian contou-lhes tudo sobre seu bom amigo frei Tuck, e Robin achou que o frade deveria juntar-se a eles.

Na manhã seguinte, Robin, disfarçado de trovador, saiu em busca do frade. Ele achou que estava sozinho,

Será que ele pensa que é um grande trovador?

mas Marian e um grupo de foras da lei o seguiam de perto.

Se eu tivesse dedos, tapava meus ouvidos.

Robin foi percorrendo a beira do rio perto do qual, segundo lhe disseram, frei Tuck levava uma vida de eremita.

Será que mereço passar tanto frio por causa de Marian?
Olha só aquilo!
Será uma mulher?

Depois de um certo tempo, ele avistou uma fogueira do outro lado do rio. Não havia ponte, e o rio parecia fundo e gelado. Robin tremia de frio.

Por favor, você me leva para o outro lado?
Infelizmente. É meu dever cristão.

Então Robin viu alguém que ele pensou ser um barqueiro. Robin o chamou, e o homem mostrou-se disposto a levá-lo para a outra margem do rio.

Você é assim mesmo ou também está disfarçado?

O homem atravessou o rio a pé e carregou o fora da lei para a outra margem, espanando água pra todo lado, feito um hipopótamo.

Bem, agora não estou disfarçado e quero algumas pratas!

Quando Robin subiu na ribanceira, sentiu a ponta de um punhal em sua garganta. O desconhecido queria receber pelos serviços prestados.

Você não está sentindo frio, está, amiguinho?
A única coisa que estou sentindo é o seu peso!
Quando Robin lhe disse que não tinha dinheiro, o homem pulou nas suas costas, obrigando-o a atravessar de novo o rio gelado.
Então, seu tonel de banha! Não quer provar que é melhor do que eu?
Nunca pensei que um varapau fosse bom em algo.
Chegando ao outro lado, Robin livrou-se de sua pesada carga e, com a espada, atirou longe a adaga do outro. Agora o desconhecido estava em suas mãos.
O que é um varapau para um tonel de banha?
Robin obrigou o homem a cruzar o rio novamente, carregando-o nas costas.
Se eu furá-lo acho que você explode!
Uma vez em terra firme, o desconhecido voltou-se bruscamente, espada em punho, e lutou contra Robin durante quatro horas. Para um sujeito tão gordo, até que lutava com muita agilidade.
SOCORRO!
Então, Robin levou a trompa à boca e pediu socorro.
No mesmo instante, seu adversário deu um forte assobio.
Segundos depois, cinco cães enormes vieram em socorro de um, e cinco bravos foras da lei, em socorro do outro. Parecia que ia haver uma matança.
Vou acertar a orelha dele pra você.
Perdão, minha filha. Deixe que eu faço isso.
Mas então Marian abraçou o desconhecido, repreendendo Robin.
É bom ter amigos, velhos e novos.
Você vai se juntar a nós, não?
Não falei que faltava um frade neste bando bagunçado de gente alegre?
O barqueiro era frei Tuck! E assim, com uma caneca de cerveja e uma fogueira para aquecer, logo a briga estava esquecida. Robin convidou o frade a entrar no bando, e ele achou a ideia ótima, porque o inverno estava próximo, e a vida de eremita era solitária demais para um frade tão brincalhão.

Allan Dale, o trovador

Scarlet, os sem-teto estão morrendo de frio! Precisamos conseguir dinheiro.
Ele parecia tão infeliz que não resisti.
Lembre-se de seu dever cristão, Robin. Deixe o rapaz cantar uma canção para nós.
Só falta agora termos um trovador entre nós!

O inverno aumentou a necessidade de conseguir dinheiro para os pobres, por isso Robin se aborreceu quando Will Scarlet trouxe um trovador chamado Allan Dale para jantar. Allan não tinha mesmo condições de pagar: ele possuía apenas meio tostão, e a outra metade estava com sua amada.

Vendo, porém, lágrimas nos olhos do rapaz, Robin pediu-lhe que contasse sua história. Ao que parecia, Allan queria se casar com sua amada, Ellen, mas seu ganancioso pai queria obrigá-la a casar-se com Sir Stephen, que era um velho rico. Robin decidiu ajudar Allan.

Vamos ao mercado! Ô, ô, ô, ô, ô!

Na manhã seguinte, Robin e um bando de homens bem disfarçados foram à igreja.

Pensei que íamos ao mercado.
Deve ter sido um truque.

Robin e frei Tuck entraram, e os outros ficaram escondidos do lado de fora.

Tra-tra-la-la-la-lá. Tra-tra-la-la-la-lá.

Robin começou a tocar uma harpa, e tocou ainda mais alto quando os noivos chegaram.

Cale a boca, varapau desafinado!
Vou me calar quando você arranjar um noivo adequado à noiva. Tra-la-lá.
Cale essa sua boca horrível!
Ora, vamos, meus irmãos.
Que é isso? Agora estamos casados?

O bispo mandou Robin ficar em silêncio, enquanto o noivo esperava o início da cerimônia. Robin disse que não estava vendo noivo algum, apenas um avô. Ellen tremia de aflição. O pai dela e o noivo tremiam de raiva diante daquele atrevimento.

Isso é um absurdo! Eu tenho o direito de escolher o marido da minha filha!
Puxa, que dança alegre! Posso participar?
Aaaah!
SAÍDA
Espere por mim, primo bispo!
Vai ter de pagar dobrado por causa disso!

Sem medo, Robin tocou sua trompa, e logo a igreja se encheu de foras da lei vestidos de verde-oliva. "Agora Ellen vai se casar com seu verdadeiro amor", exclamou Robin. "E não com aquela noz enrugada!" Sentindo-se ofendidos e em minoria, Sir Stephen e o bispo fugiram da igreja.

Você se esqueceu da proclama do casamento!

Contrariado, o pai de Ellen afirmou que ela não podia se casar com Allan Dale porque não se fizera a proclama do casamento.

Saibam todos, saibam todos, saibam todos, saibam todos, saibam todos, saibam todos, saibam todos, saibam todos, saibam todos...

Então frei Tuck subiu ao púlpito e, por via das dúvidas, fez a proclama nove vezes, para o caso de três não bastarem.

Agora eu os declaro marido e mulher.

Frei Tuck casou o feliz casal, e até o pai de Ellen conseguiu esboçar um sorriso quando Robin lhe deu uma bolsa cheia de prata para que ele abençoasse o casamento.

Todos voltaram a Sherwood para a festa e para ouvir as baladas de Allan. Ellen e Allan ficaram amigos dos foras da lei, que iam se esconder na casa deles quando a situação complicava.

Sir Richard de Legh

Um cavaleiro como você deve ter muito dinheiro para dar aos pobres e ao rei Ricardo.

Outro cavaleiro que deixava Robin refugiar-se em sua casa era Sir Richard de Legh, que Joãozinho encontrou no caminho do mosteiro de Santa Maria e levou para jantar com os foras da lei.

Eu emprestei o dinheiro ao meu filho.
Ele estava lutando nas Cruzadas.

Abatido, Sir Richard mal tocou na comida. Ele contou ao bando que o abade usara um truque para tomar sua casa: emprestou-lhe dinheiro, cobriu-o de encargos, e agora ele não tinha como pagar a dívida, que venceria no dia seguinte, ao meio-dia.

O dinheiro ou a vida, por favor!

Quando Robin lhe disse que teria de pagar pelo jantar, Sir Richard suspirou.

Nem um tostão, Robin.

Ele disse a Robin que sua bolsa estava vazia. Dickon a vasculhou e confirmou que não havia nada.

Eu sei como é duro perder a própria casa!

Mas Robin, lembrando-se de que também perdera sua casa, deu dinheiro a Sir Richard de Legh para saldar a dívida.

Agora você pode enfrentar qualquer coisa... até um abade!

Deu-lhe também roupas novas, e pediu apenas que voltasse dentro de um ano para devolver o dinheiro.

He! He! Nem sinal do imbecil – logo tudo vai ser meu, TUDO MEU!

No dia seguinte, na Abadia de Santa Maria, o abade esfregava as mãos todo contente, pois já era quase meio-dia e Sir Richard de Legh não dava sinal de vida.

Seu dinheiro, meu santo abade.
DIABO!

Então, para horror do abade, Sir Richard chegou exatamente ao meio-dia.

Você não perde por esperar!

Frustrado, o abade jurou que um dia ainda haveria de tomar a casa e as terras de Sir Richard de Legh.

Um ano depois
Pensei que ele fosse um homem de palavra.
E é. Você é impaciente demais.

Exatamente um ano depois, Robin esperava que Sir Richard viesse pagar a dívida.

Robin, o almoço vai esfriar se não comermos logo.

O tempo passava, e a comida começou a esfriar. Robin mandou um grupo procurar Sir Richard.

Como não conseguiram achá-lo, eles detiveram dois monges que tinham partido da abadia.

E há centenas... não, milhares de outros como eu nesta floresta!
Mamãe!

Joãozinho pôs a escolta dos monges para correr, e eles tiveram de almoçar com Robin.

Que dia abençoado! Dinheiro para o bom rei Ricardo!
Que dia mais alegre! Dinheiro para alimentar e alojar os pobres!

Robin ficou radiante ao descobrir que os monges estavam levando 800 libras para o príncipe João.

Peça ao seu abade que mande lembranças ao príncipe João!
Oh, Deus! Salvai-me desta terra de homens verdes.

Ele tomou o dinheiro para dar aos pobres e mandou os monges de volta à Abadia de Santa Maria.

O generoso abade pagou a sua dívida!
Robin, serei seu amigo para sempre.

Quando Sir Richard de Legh finalmente chegou, Robin perdoou a sua dívida.

Vamos comemorar com um torneio de arco e flecha.
Não, vamos dançar.
Vamos comer.
Vamos caçar.
Vamos beber.
Vamos lutar.
Vou ficar aqui até fazermos tudo isso.
Vamos dormir.

Ao ouvir a história dos monges, Sir Richard disse a Robin que com certeza o príncipe João iria querer se vingar. Mas isso não impediu a comemoração dos foras da lei. Depois do favor que fizera a Sir Richard, Robin e seu bando tinham certeza de que a casa dele estaria sempre aberta para eles.

A Flecha de Ouro
VENHA
UM
VENHAM
TODOS

Sir Richard tinha razão: o príncipe João queria vingança. O príncipe avisou ao xerife de Nottingham que ou Robin desaparecia, ou quem desapareceria seria ele. Então o xerife, Sir Guy de Gisborne e o abade de Santa Maria arquitetaram um plano. Anunciaram um torneio de arco e flecha a realizar-se em Nottingham. O primeiro prêmio seria uma Flecha de Ouro. Robin, como seus inimigos imaginaram, não resistiria à oportunidade de provar que era o melhor arqueiro da Inglaterra.

A Flecha de Ouro

Sem saber que se tratava de uma armadilha, Robin mandou seus homens se disfarçarem de lavradores, e ele próprio se disfarçou de mendigo – e foram todos a Nottingham, para participar do torneio. Bandeirolas tremulavam e a cerveja era servida de graça enquanto os melhores arqueiros da Inglaterra exercitavam suas habilidades uns contra os outros, até que sobraram apenas seis. O xerife ia ficando cada vez mais ansioso porque não via Robin entre eles. Então, restaram apenas três arqueiros, e o xerife chegou à conclusão de que seu plano havia falhado.

Eu quero Robin.
Não se preocupe, xerife. Sou seu braço direito!
Uma esmola, por favor.

O primeiro dos três últimos arqueiros a atirar foi Gilbert, lacaio do xerife. A flecha ficou a um fio de cabelo do centro do alvo.

Deve ter sido por causa do vento.

O segundo foi Adam O'Dell, excelente atirador. A multidão ficou em silêncio. Mas sua flecha não atingiu o centro do alvo.

Esse ganha!
Desista, mendigo, você não tem chance. Volte para o fosso de onde saiu.

O xerife ficou radiante: não tinha prendido Robin, mas pelo menos seu capanga Gilbert ia ganhar a Flecha de Ouro. Então o terceiro concorrente, um mendigo desconhecido, retesou a corda de seu arco. Certeira, a flecha rachou a de Gilbert no meio e fixou-se bem no centro do alvo.

Beijar um mendigo... que nojo!
Idiotas!
Você é melhor do que Robin Hood. Ajude-me a capturá-lo.
Não, obrigado, morro de medo dele!
Não olhe. Mendigos têm micróbios.

A multidão aplaudiu, feliz porque Gilbert perdera. O xerife rosnou furioso. Ele deu a Flecha de Ouro ao mendigo. Então, pensando que finalmente tinha encontrado um arqueiro melhor que Robin Hood, o xerife lhe ofereceu um lugar em sua guarda – mas ficou ainda mais furioso quando essa generosa oferta foi recusada!

Robin sentiu-se ofendido pelo fato de o xerife pensar que havia um arqueiro melhor do que ele. Por isso, ele e Joãozinho bolaram um plano. Naquela noite, quando o xerife e seus capangas estivessem chorando seu fracasso, uma flecha voaria janela adentro e atingiria o centro da mesa. Presa à flecha, estaria esta mensagem:

"Deus abençoe
Vossa Senhoria
que nos deste tanta alegria",
ouve-se em toda Sherwood.
Afinal, entregaste o prêmio
ao alegre Robin Hood!

Sir Guy de Gisborne

Estou com coceira, Robin.
Entendo o que quer dizer, Joãozinho.
O barulho dessa coceira vai atrair espiões, ou seriam pulgas?
Nada como uma boa coceira antes de uma nova aventura!

O verão voltou a Sherwood. Sem medo dos espiões do xerife, que faziam constantes incursões na floresta, Robin e Joãozinho almejavam tanto uma nova aventura que sentiam até comichões.

Vou achar uma antes de você.
Quer apostar?

Por caminhos diferentes, eles saíram para ver quem viveria a aventura mais emocionante.

Procurando por mim?
Quem é você?

Então, Robin topou com um sujeito totalmente coberto de couro de cavalo. Até o rosto estava escondido.

Seu velho amigo, Sir Guy.

Quando Robin lhe perguntou o nome, ele puxou a espada. Era Sir Guy de Gisborne.

Que mulher não me escolheria?
Não imagino, cara de cavalo.

Sir Guy viera a Sherwood para matar Robin e reclamar a donzela Marian.

Ora, não sinto nem uma picada.
Comece a relinchar: sou Robin Hood!

Os dois lutaram ferozmente, e Sir Guy estava bem protegido pelo couro de cavalo.

Acho que Marian prefere um potro brincalhão a um pangaré carroceiro.

Mas Sir Guy de Gisborne era muito mais lento que o ágil Robin Hood.

É como eu pensava: seu sangue é preto.

Finalmente Robin conseguiu enfiar a espada através de um rasgo da couraça e atingir o maldoso coração de Sir Guy.

Não havia saída: era matar ou morrer.

Dando-se conta de que havia quebrado a promessa de não matar, Robin pegou a trompa de Sir Guy e soprou um longo e triste lamento.

A culpa é toda minha.
Não se preocupe, eu vou salvá-los.

Nesse meio-tempo, Joãozinho encontrou uma viúva desesperada cujos dois filhos iam ser enforcados porque, loucos de fome, haviam matado uma corça do rei.

Fico tão ridículo de chapéu.

Joãozinho vestiu as roupas do falecido pai dos rapazes e foi procurá-los.

Quem vai enforcar esses patifes para mim?
Na margem da floresta, o xerife preparava-se para enforcar os dois rapazes.
Nada seria mais divertido!
Sem que ninguém o reconhecesse, Joãozinho ofereceu-se para servir de carrasco.
Olhe lá outro garoto que deve ser enforcado.
Ah, se o príncipe João estivesse aqui!
Mas enquanto o fora da lei punha o laço no pescoço dos rapazes, cortava disfarçadamente as cordas de seus punhos,
CORRAM!
dizendo-lhes que fugissem quando mandasse. Quando deu a ordem, porém,
Era por isso que eu tanto esperava?
Deixe-o longe de mim!
e tomou posição para protegê-los com seu arco, este se partiu em dois.
Veja quem ele é, xerife.
Eu não devia ter tirado o chapéu.
Oh, dia abençoado! Mate-o, mate-o!
Os rapazes fugiram, mas Joãozinho foi pego e reconhecido.
Enforque-o agora mesmo.
O que salvou a vida de Joãozinho foi o som da trompa de Sir Guy.
Robin morreu! Minha vida está completa.
O xerife achou que aquilo era um sinal de que Robin Hood tinha morrido
Mal posso esperar para ver sua cabeça num poste.
e correu em direção ao som para parabenizar Sir Guy.
Sir Guy, quero lhe dar um beijo.
Melhor não.
Robin, disfarçado de Sir Guy, encontrou-os no caminho.
Se não um beijo, aceita outra coisa?
Gostaria de ter o prazer de matar esse urso peludo!
Ele disse que Robin estava morto e, como recompensa, pediu para matar o prisioneiro do xerife.
Proteja a minha retaguarda.
Meu Deus, você foi atingido.
Ingenuamente, o xerife consentiu. Pouco depois, estava sofrendo nas mãos dos dois foras da lei!
Nada má esta pequena aventura!
Suas gargalhadas ressoavam na floresta enquanto o xerife e seus capangas fugiam para o castelo de Nottingham.
Venham juntar-se aos alegres foras da lei!
Com prazer.
E tragam a sua doce mãezinha, só para fazer companhia a Marian, é claro.
Então, Robin e Joãozinho convidaram os dois rapazes a entrar para o bando dos alegres foras da lei da floresta.

Um peregrino encapuzado visita a floresta de Sherwood

É melhor você ir na frente.
Acho que assim é mais seguro.

Piedade! Sou apenas um pobre bispo!
Está procurando uma ovelha desgarrada,bispo? Um pastor deve cuidar do seu rebanho!

Certo outono, o bispo de Hereford atravessava a floresta de Sherwood acompanhado por um desconhecido peregrino encapuzado.

De repente, eles foram detidos por um pastor de espada em punho e cercados por foras da lei que pulavam das árvores.

Aaah! Salvem-me, é Robin Hood!

Então o pastor livrou-se do disfarce, revelando ser o próprio Robin Hood.

Vendar um bispo é pecado. Atchim!
Bem, não se preocupe. Ouvirei minha própria confissão.

Assustados e sem protestar, todos foram vendados e conduzidos a uma festa na floresta.

Um brinde ao rei Ricardo, e depois é hora de pagar!
Claro.
Claro, não! Eu não tenho dinheiro!

O bispo avarento comeu com todo gosto, mas se recusou a pagar e a brindar ao rei.

Não sei dançar.
Ok, sim, claro que sabe.
Olhem, agora os pobres vão ficar ricos!

Furioso, Robin obrigou o bispo a dançar uma jiga*, enquanto lhe tiravam todo o ouro das bolsas.

TOING!
BONK!
ZOOM!
ZAP!
TUMP!
TCHAK!

Como o peregrino encapuzado não tinha dinheiro, Robin sugeriu que ele pagasse a refeição participando de uma disputa de socos. O desconhecido derrubou todos os foras da lei. Nem Robin Hood conseguiu vencê-lo.

Um punho como o seu nos seria muito útil.

Então os foras da lei convidaram o peregrino a juntar-se ao bando. Em resposta, ele tirou o capuz,

Com suas leis cruéis, o príncipe João e o xerife nos tornaram foras da lei.

revelando ser o rei Ricardo I, Coração de Leão, de volta das Cruzadas. Os foras da lei se ajoelharam, pedindo o perdão do rei. Ele o concedeu de bom grado, uma vez que, liderados por Robin, tinham praticado boas ações.

* Dança folclórica de origem irlandesa.

O próximo vai ser você, Joãozinho.

Aquele era o momento pelo qual Robin e Marian tanto tinham esperado – uma oportunidade de pedir a bênção do rei para seu casamento. O rei Ricardo ficou muito satisfeito em dar a bênção. E logo que Marian colocou a grinalda na cabeça, frei Tuck apressou-se em casar o feliz casal.

Isso não é justo!
Isso não é justo!

No dia seguinte, acabadas todas as comemorações, os foras da lei acompanharam o rei Ricardo até Nottingham, onde, para grande alegria de todos, ele pôs o malvado xerife e o avarento bispo de Hereford no tronco.

Vamos sentir falta de vocês dois.
Continue a fazer o bem, alegre Robin.

Alguns foras da lei então entraram no exército do rei Ricardo, acompanhando-o até Londres e depois nas Cruzadas.

Vejo cabelos brancos, Robin.
Então, meus alegres foras da lei, o que vamos aprontar hoje?

Mas a maioria, como Robin e Marian, voltou para a floresta de Sherwood, para retomar suas divertidas aventuras.

Ela era o máximo.
MARIAN
Sou bonita como ela?
Cante sobre as virtudes de Marian.

Os anos iam passando alegremente. Mas os foras da lei envelheciam, e um dia Marian ficou com febre. Frei Tuck cuidou dela com carinho, mas ela estava debilitada pela idade e morreu placidamente enquanto dormia. Realizou-se então uma cerimônia em sua memória, e veio muita gente, pois todos gostavam bastante dela.

A última flecha de Robin Hood

Vamos, Robin! Vamos procurar um hóspede rico.
Eu bem que gostaria, mas meu corpo, não.

Robin tentou continuar ajudando os pobres, mas estava cansado demais e sentia dores no corpo.

Não desista, Robin, os pobres precisam de você. Todos precisamos.

Joãozinho levou Robin ao convento de Kirklees e pediu à madre superiora que lhe aliviasse as dores.

CONVENTO DE KIRKLEES

Joãozinho esperou enquanto a superiora fazia uma sangria em Robin, como era costume na época.

Terei o imenso prazer de escorrer seu sangue.

Mais tarde, ela disse a Robin num tom gélido:
"Sir Guy de Gisborne era meu parente".
Então Robin ouviu o ruído da chave girando na fechadura.

O sangue escorria do corpo de Robin, e ele sentia que o tinham deixado ali para morrer. Mesmo assim, reuniu suas últimas forças e tocou sua trompa.

Correndo em socorro de Robin, Joãozinho arrombou a porta. Logo ele estava ao lado de seu querido amigo. Robin pediu um arco e, com a ajuda de Joãozinho, atirou uma flecha pela janela do convento. Ela voou por cima das muralhas e foi cair na margem da floresta de Sherwood. "Enterre-me onde a flecha cair", sussurrou Robin, e fechou os olhos.

Os foras da lei plantaram uma semente de carvalho no lugar onde a flecha de Robin caíra. Com o passar dos anos, ela se tornou um grande carvalho, sob o qual muitas gerações de alegres foras da lei se reuniam para cantar baladas sobre seu grande herói Robin Hood e sua amada, a donzela Marian. E é assim que, até hoje, o espírito de Robin Hood vive na floresta de Sherwood.